KB018033

나를 위한
나의 이야기

1일 1페이지 자서전

글쓴이 ______________________

사람들은 매일 기록합니다. 지하철에서 떠오른 생각을 휴대폰의 기록 앱에 메모하고, 포스트잇이나 수첩에 적기도 합니다. 하지만 그것들은 휴대폰에, 서랍 속에, 책갈피 속에, 책장 속에 꽂혀 어느새 잊혀지고 맙니다. 찰나의 순간에 느꼈을 생각과 변화들이 모여 나의 삶이 됩니다. 그런데 그 조각들이 여기저기 흩어져 사라지는 건 너무나 안타까운 일입니다. 그래서 그것들을 한곳에 모아 유산으로 남길 책을 기획했습니다.

누구의 인생이든 그 자체로 의미 있습니다. 돌이켜보면 고단하기만 했던 것도 아니고 늘 행복하기만 했던 것도 아닙니다. 인생의 오후 시간을 보내고 있는 이들에게 한번쯤 자신의 인생을 정리해볼 수 있도록 준비한 책이 《나를 위한 나의 이야기》입니다. 이 책은 나의 출생부터 지금까지의 삶을 찬찬히 되돌아보면서 한 장씩 기록하는 책입니다.

삶을 돌아볼 때 '무의미하다', '허무하다'고 느끼는 순간이 한 번쯤 있을 것입니다. 그저 안타깝게만 생각하지 말고 지나온 삶을 한 번쯤 정리해보면 어떨까요. 삶의 의미를 발견하고 찾는 건, 내가 남긴 기록에서 시작될 수도 있으니까요. 삶의 의미는 주어지

는 것이 아니라 찾아가는 것입니다. 그리고 나의 기록이 사랑하는 사람들에게 소중한 유산으로 남겨질 수 있습니다.

이 책은 지나온 삶을 정리하면서 내가 살아온 이유의 의미를 발견하고 이후의 삶에 생명력을 불어넣기 위해 찾아왔습니다.

이 책의 집필을 끝낸다면 지금, 여기까지 오게 만든 내면의 원동력과 선한 영향력을 끼쳤던 수많은 사람들, 담금질을 통해 자신을 단단하게 만들어준 수많은 기쁨과 고난에 대해 감사하게 될 것입니다.

오늘부터 하루 한 장, 나의 이야기를 쓰면서 나를 발견하고 격려하고 따뜻하게 안아주길 바랍니다.

◇◇◇ 차근차근 쉽게 쓰는 자서전

자서전을 쓰고 싶지만 어떻게 써야 할지 막막할 거예요. 그럴 때는 세상에 태어나 어른이 되기까지의 이야기를 시간 순서대로 차례차례 정리하는 걸로 시작해보세요. 삶의 사건들은 순차적으로 일어나지만, 그것들이 삶에 미치는 중요성에는 또 다른 순서가 있어요. 책을 쓰면서 그 깨달음을 얻게 될 거예요.

◇◇◇ 나에 대해 알게 되다

주변 사람들의 취향, 성향, 가치관에 대해 잘 알지만, 정작 내 자신은 잘 모를 수 있어요. 다른 사람들에게 숨겨왔던 생각, 자신에게도 숨겨왔던 깊숙한 내면의 마음을 솔직히 털어놓아 보세요.

◇◇◇ 사람과 사건의 재발견

쓰다 보면 지금까지 나에게 영향을 주고 있는 사람과 사건을 발견하게 될 거예요. 나를 도와주고 일으켜준 사람들에게는 고마움이 들지만, 잊고 싶었던 사람과 사건이 다시 기억날 수 있어요. 마음 깊이 똬리를 틀고 있는 분노와 미움이 터져 나와도 괜찮아요. 내가 그런 나를 꼭 끌어안아 줄 테니까요.

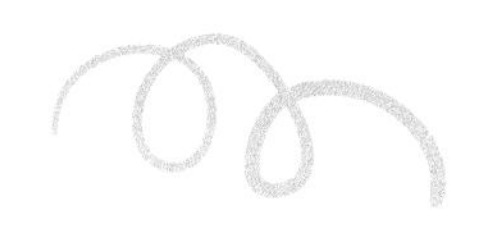

◇◇◇ 삶을 제대로 살아볼 용기

이 책의 저자가 나이고, 독자도 나예요.

이 책을 쓰면서 그 누구에게도 털어놓지 않았던 이야기를 쓰게 될 거예요. 그리고 발견하게 될 거예요. 나는 괜찮은 사람이고, 열심히 살아왔다는 것을. 나의 장점과 가치, 존재에 스스로 박수를 보내게 될 거예요. 그리고 남은 삶을 멋지게 살아보겠다고 마음먹게 될 거예요.

◇◇◇ 나에게 건네는 솔직한 질문

이 책의 마지막에 특별한 페이지를 마련했어요. '더 나은 삶을 위한 나의 질문과 대답'인데요. 여기에는 내가 질문을 하는 입장이라고 생각하고 질문을 적어보세요. 그리고 시간이 좀 흐른 후 그 질문에 솔직하게 대답하는 거예요. 이를 통해 자신의 감정과 거리를 둘 수 있고 객관화해볼 수 있어요. 그리고 자신에 대해 다층적으로 이해할 수 있을 거예요.

◇◇◇ 자서전을 다 쓴 후 해야 할 일

책을 끝까지 다 썼다면 마지막에 할 일이 있어요. 글쓴이의 말(6~7페이지)과 목차(8~9페이지)를 만들어보는 거예요. 이 책을 쓰면서 느꼈던 점과 내가 만든 장제목, 소제목을 편안하게 적어보세요. 그런 다음, 글쓴이의 이름(1페이지)에 내 이름을 한 자 한 자 적으세요. 이제 이 책은 세상에 하나밖에 없는 자서전이 될 거예요.

글쓴이의 말

내가 만드는 목차

인생 그래프 만들기

자서전을 쓰기 전에 인생 그래프를 만들어보세요. 과거와 현재의 모습을 그래프로 표현해 인생을 살펴보는 시간을 가질 수 있습니다.

먼저, 지금까지 내 삶에 영향을 준 사건 중에서 기억나는 것을 적어보세요. 그리고 그 사건을 떠올릴 때 긍정적이거나 부정적 느낌을 -5에서 5까지 수치로 표현해보세요. 어느 시기에 힘들었고 어떻게 견뎌냈는지, 또한 언제가 인생 최고의 순간이었는지 확인해보세요.

나이	주요 사건	느낌의 정도 (-5~5)
1-9세		
10대		
20대		
30대		

나이	주요 사건	느낌의 정도 (-5~5)
40대		
50대		
60대		
70대		
80대		
90대		
100대		

표에 적어 놓은 수치를 그래프에 점으로 표시하세요. 찍은 점에 주요 사건도 간단히

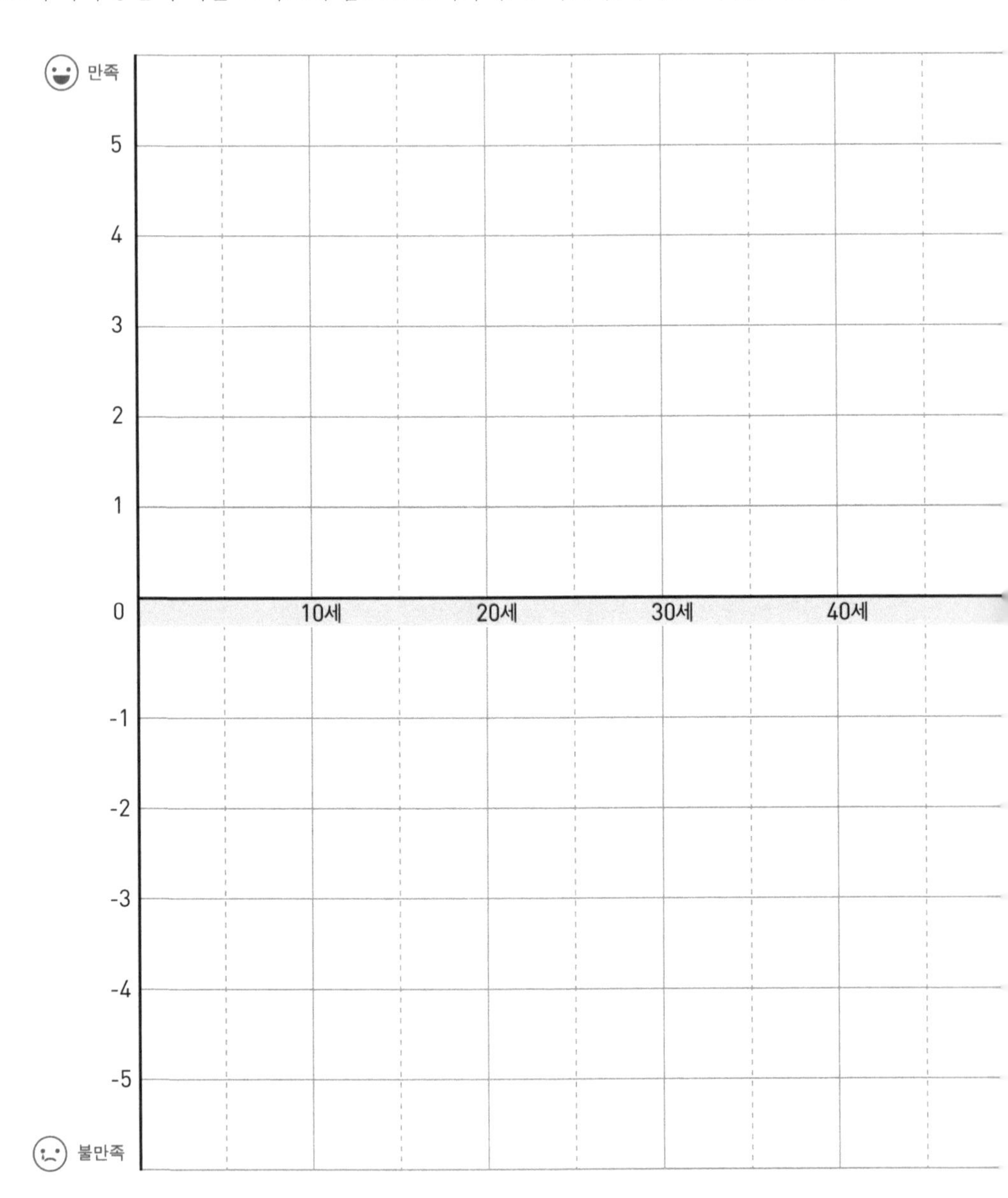

적어보세요. 점끼리 선으로 연결하면 인생 그래프가 완성됩니다.

50세	60세	70세	80세	90세	100세

인생 그래프를 보고 어떤 느낌이 드나요?

많은 일들을 겪으면서도 열심히 살아온 자신이 대견하지 않나요?

자, 이제부터 나의 자서전을 써보세요.

하루 한 장씩 자신의 이야기를 쓰는 동안 스스로를 더욱 응원하게 될 거예요.

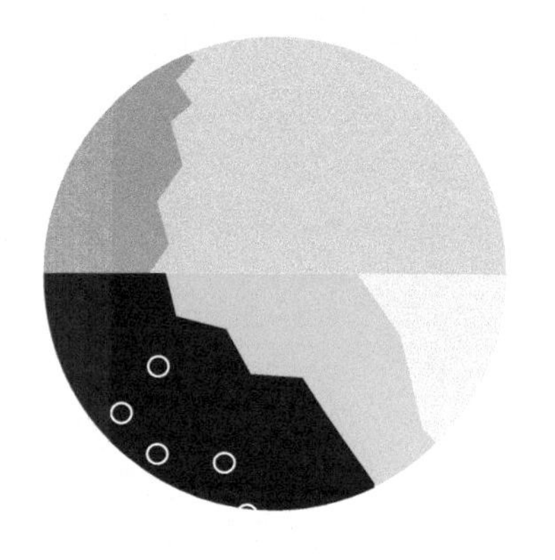

1장 어린 시절의 나를 만나다

내 삶이 시작된 곳

언제 어디서 태어났나요?

'고향' 하면 떠오르는 갖가지 풍경과 느낌이 있을 거예요.

생각나는 대로 한번 적어보세요.

이름을 한글과 한자로 적어보세요.

✿ 이름에 어떤 뜻이 담겨 있나요?

✿ 누가 그 이름을 지어주었나요?

어린 시절에 살았던 집을 기억나는 대로 그려보세요.

부모님이 마련한 집이었나요?

앞마당이 있었나요? 방은 몇 개였나요? 누구와 방을 함께 썼나요?

집 안에서 제일 좋아했던 공간은? 그 이유는?

이웃에 누가 살았는지 기억나나요?

특별히 기억에 남은 이웃이 있나요?

이웃과 어떤 추억이 있었는지 적어보세요.

어린 시절에 살았던 동네의 모습을 떠올려보세요. 그림으로 그려도 좋아요.

동네에서 가장 좋아했던 곳이 있었나요?

가장 싫어했던 곳이 있었나요?

가족 소개를 해보세요.

- 가족은 모두 몇 명인가요?

- 형제자매 중에서 제일 사이가 좋았던 사람은?

- 형제자매와 특별했던 추억은?

형제자매가 태어났을 당시의 일을 기억하고 있나요?

형제자매의 이름을 한글과 한자로 적어보세요.

형제자매를 처음 만났을 때 어떤 느낌이 들었나요?

내가 어릴 때 어머니의 모습은 어떠했나요?

- 어머니는 가족을 위해 어떤 일을 했나요?

- 어머니가 나에게 자주 하던 말씀이 있나요?

- 내 눈에 비친 어머니의 모습은 어땠나요?

내가 어릴 때 아버지의 모습은 어떠했나요?

* 아버지의 직업은 무엇이었나요?

* 아버지가 내게 자주 하던 말씀이 있나요?

* 내 눈에 비친 아버지의 모습은 어땠나요?

어머니가 만들어준 간식 중에서 제일 기억나는 것은 무엇인가요?

어머니와 시장에 갔던 추억을 적어보세요.

아버지와 함께했던 놀이가 있었나요? 그 추억을 적어보세요.

아버지가 퇴근하면서 자주 사다준 간식이나 출장 가서 사온 선물이 있나요?

부모님은 서로를 어떻게 대했나요?

✤ 서로를 부를 때 호칭은?

✤ 두 분의 사이는 어땠나요? 행복해 보였나요? 힘들어 보였나요?

부모님은 어린 나를 어떻게 키웠나요? 기억을 떠올려
자세히 적어보세요.

사촌형제들에 대해 써보세요.

✱ 가깝게 지낸 사촌은 누구였나요?

✱ 사촌들과 재미있었던 추억이 있다면 적어보세요.

외갓집이나 할머니댁의 추억을 떠올려보세요.

✤ 그 집은 어느 지역에 있었나요?

✤ 동네의 풍경은 어땠나요?

✤ 그곳에서 기억에 남은 추억이 있다면?

어린 시절의 일을 자유롭게 써보세요.

* 즐거웠던 일

* 슬펐던 일

인생의 변화, 인생의 매력, 인생의 아름다움,
그 모든 것은 빛과 그림자로 이루어져 있기 마련이야.

- 안나 카레니나, **레프 톨스토이**

어린 시절의 사진을 붙여보세요.

누가 어디서 찍어주었나요? 사진에 얽힌 추억을 적어보세요.

가계도를 그려보세요.

할아버지 할머니

외할아버지 외할머니

아버지

어머니

형제자매

나

배우자

나에게 더 묻고 싶은 질문

나에게 털어놓는 대답

나에게 더 묻고 싶은 질문

나에게 털어놓는 대답

처음, 나의 모습

어떤 놀이를 제일 좋아했나요?

- 아끼던 장난감이나 신나게 했던 놀이는?

- 나만의 애착 인형이나 물건이 있었나요?

애착 인형이나 물건에 얽힌 일을 적어보세요.

반려견이나 반려묘를 키운 적이 있나요?

- 어떻게 해서 키우게 되었나요?

- 이름은?

- 떠오르는 기억은?

- 언제 어떻게 이별을 했나요?

불리던 별명이 있나요?

누가 붙여준 별명인가요?

그 별명을 좋아했나요? 아니면 싫어했나요?

병을 앓았던 적이 있나요?

✱ 어떤 병이었나요?

✱ 그때 누가 돌봐주었나요?

✱ 처음 병원에 갔을 때의 기억을 적어보세요.

친구들을 초대해 생일 파티를 했던 일을 적어보세요.

받았던 생일선물 중에 가장 기억에 남은 게 있나요?

그 선물을 준 사람은 누구였나요?

가장 친했던 친구를 생각해보세요.

* 그 친구의 이름은?

* 그 친구와의 우정은 언제 어떻게 시작되었나요?

* 세월이 지나도 그 친구와의 관계는 변함이 없었나요?

초등학교에 처음 입학했던 날을 떠올려보세요.

* 누구와 함께 입학식에 갔나요?

* 입학식 할 때 가슴이 설레었나요? 아니면 두려웠나요?

* 입학한 후 학교에서 겪었던 재미있는 일을 적어보세요.

초등학생 때 기억나는 일을 자유롭게 적어보세요.

초등학생 때 전학 갔던 적이 있나요?

* 언제 어디로 전학을 갔나요? 왜 전학을 가게 되었나요?

* 전학 가기 전날의 마음은 어땠나요?

* 전학 가서 힘들었던 점은? 좋았던 점은?

봤던 영화나 텔레비전 프로그램 중에서 가장 기억에 남은 것을 적어보세요.

✱ 어떤 영화나 텔레비전 프로그램이었나요?

✱ 왜 기억에 남나요?

자주 했던 심부름은 무엇인가요?

심부름을 했던 추억을 적어보세요.

첫 용돈을 언제, 누구에게 받았나요?

✱ 금액이 얼마였나요? 용돈을 어떻게 썼나요?

✱ 저금통을 가지고 있었나요? 어떤 모양과 색이었나요?

✱ 저금통을 처음 깼던 건 언제였나요? 왜 그랬나요?

제일 좋아했던 음식은 무엇이었나요?

용돈으로 자주 사먹었던 군것질거리가 있었나요?

거짓말을 했던 적이 있나요? 어떤 거짓말이었나요?

거짓말을 할 수밖에 없었던 이유는 무엇이었나요?

다른 사람에게 부러움을 느꼈던 일이 있나요?

왜 그 사람을 부러워했나요?

초등학생 때 '나는 할 수 있다'고 깨닫게 된 경험이 있었나요?

내가 자랑스러웠던 일이 있었다면 적어보세요.

초등학생 때 친구들과 자주 놀러 갔던 장소가 있었나요?

✤ 어디였나요?

✤ 그곳에서 무엇을 하며 놀았나요?

✤ 왜 그곳이 좋았나요?

초등학생 때 비밀 이야기를 나눴던 사람이 있나요?

✿ 누구였나요?

✿ 어떤 비밀을 나눴나요?

초등학생 때 다른 사람에게 자주 들었던 칭찬의 말은 무엇인가요?

칭찬받기 위해 애쓴 일이 있나요?

언제 처음으로 상장을 받았나요?

✤ 어떤 상장이었나요?

✤ 그때 기분은 어땠나요?

벌을 섰던 기억을 떠올려보세요.

누구에게 혼이 났나요?

어떤 벌을 받았나요?

왜 벌을 서야 했나요? 그때 마음은 어땠나요?

내가 억울하게 혼나게 되었을 때 내 편이 되어준 사람이 있나요?

✱ 어떤 억울한 일이었나요?

✱ 내 편이 되어준 사람은 누구였나요?

어른들에게 실망한 적이 있었나요?

무엇 때문에 실망했나요?

초등학생 때 이사한 경험이 있나요?

✱ 어느 곳으로 몇 번 이사했나요?

✱ 그곳에서 적응하기 어려웠던 점이 있었나요?

✱ 좋았던 점은?

초등학생 때 장례식장에 가본 적이 있나요?

장례식장에 갔을 때 어떤 감정이 일었나요?

그때 어른들은 나에게 무슨 말을 해주었나요?

방학 때는 무엇을 했나요?

특별했던 방학의 추억을 적어보세요.

초등학교 선생님 중에 가장 기억나는 분이 있나요? 어떤 추억이 있는지 적어보세요.

어린 시절부터 간직해온 물건이 있나요?

그 물건을 꺼내볼 때 어떤 느낌이 드나요?

어떤 추억이 떠오르나요?

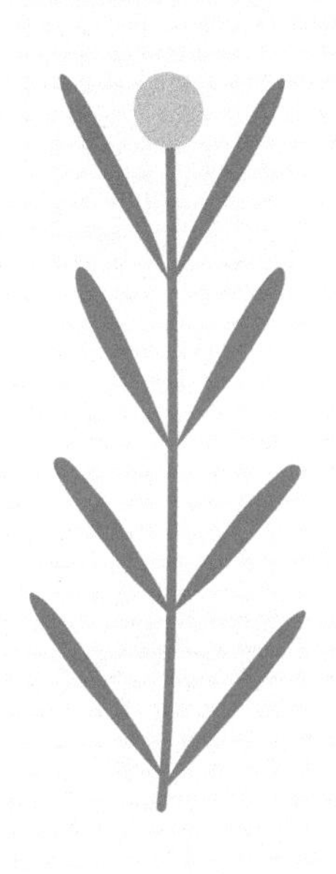

평화롭고 소중했던, 잊을 수 없는 어린 시절!
이제는 영영 흘러가버려서 돌이킬 수 없는 그 시절은
어째서 실제보다 더 밝고 태평하고 풍요로워 보이는 걸까?

- 체호프 단편선, **안톤 체호프**

어린 시절의 모습을 그려보세요.
그런 다음 그 아이가 지금 내 앞에 서 있다고 상상해보세요.
지금 그 아이에게 하고 싶은 말을 마음 가는 대로 적어보세요.

지금까지 어떤 상을 받았나요?

내가 받았던 상들의 목록을 만들어보세요.

1

2

3

4

5

나에게 더 묻고 싶은 질문

나에게 털어놓는 대답

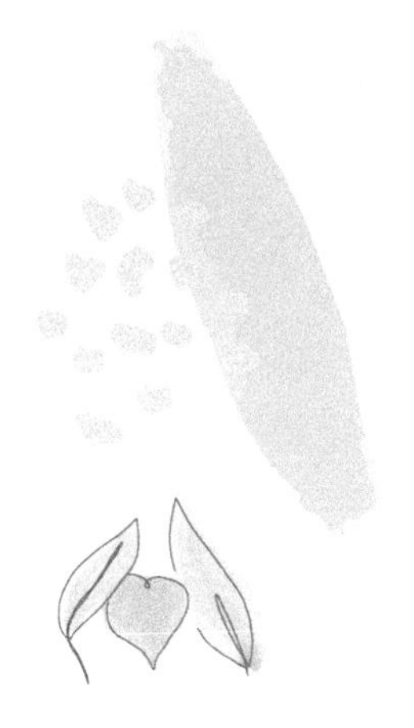

나에게 더 묻고 싶은 질문

나에게 털어놓는 대답

2장 찬란한 순간, 청소년기

풋풋했던 그 시절

중·고등학교 때 다녔던 학교를 떠올려보세요.

* 어느 학교를 다녔나요? 학교 이름을 적어보세요.

* 생활했던 교실의 모습을 그려보세요.

* 반 친구들과 쉬는 시간에 재미있게 했던 놀이가 있었나요?

중·고등학교 때 가장 친했던 친구에 대해 적어보세요.

✽ 친구의 이름은?

✽ 그 친구와 어떻게 가까워졌나요?

그 친구와 어떤 추억이 있나요?

서로에게 어떤 영향을 주었다고 생각하나요?

도시락에 대한 기억을 떠올려보세요.

* 어떤 도시락 통을 가지고 다녔나요? 그림으로 그려보세요.

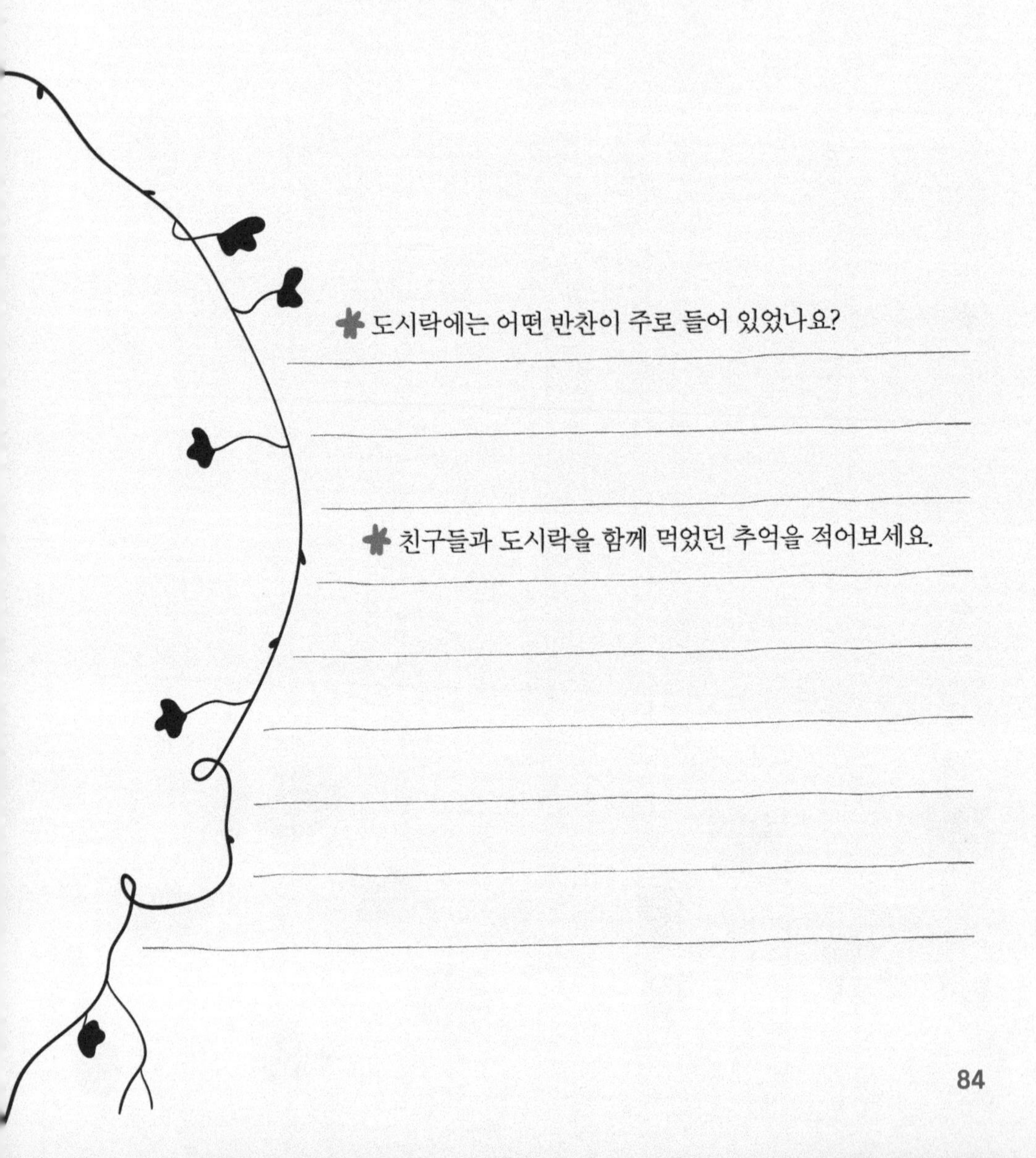

* 도시락에는 어떤 반찬이 주로 들어 있었나요?

* 친구들과 도시락을 함께 먹었던 추억을 적어보세요.

학교 수업 말고 어떤 부서에서 특별활동을 했나요?

(예를 들어 방송반, 미술반, 운동반 등)

* 왜 그 부서를 택했나요?

* 특별활동하면서 즐거웠던 추억을 적어보세요.

중학교 졸업식 때 떠오르는 일을 적어보세요.

고등학교 졸업식 때 기억나는 일을 적어보세요.

중·고등학교 때 첫눈에 반한 사람이 있었나요?

✱ 누구였나요? 이름은요?

✱ 어떤 점이 좋았나요?

그 시절에 좋아했던 연예인이 있었나요?

연예인의 이름은?

그 연예인을 좋아했던 이유는 무엇이었나요?

중·고등학교 때 제일 좋아했던 과목이 있었나요? 왜 그 과목이 좋았나요?

그때 성적은 어땠나요?

중·고등학교 시험에 얽힌 재미있는 추억을 적어보세요.

대입 시험을 준비하는 동안 기억나는 일을 적어보세요.

- 대입 시험을 치르러 가는 날, 가족들은 어떤 응원을 해주었나요?

- 대입 시험을 치를 때 특별한 일이 있었다면 적어보세요.

중·고등학교 때 만난 선생님들 중 내게 용기를 주었던 분이 있었나요?

나를 힘들게 했던 선생님이 있었나요?

아무래도 인간은 사랑받기보다
이해받기를 더 바라는 것 같다.

- 1984, **조지 오웰**

청소년 시절의 모습은 어떠했나요?
머리는 짧았나요, 길었나요? 즐겨 입었던 옷과 신발은 어떤 스타일인가요?
그때의 모습을 그림으로 그리거나 글로 적어보세요.

내 자신에 대해 얼마나 알고 있는지 알아볼까요?

나의 성격을 수치로 나타내보세요.

	아니다					그렇다
친화적이다	①	②	③	④	⑤	⑥
신중하다	①	②	③	④	⑤	⑥
유쾌하다	①	②	③	④	⑤	⑥
겸손하다	①	②	③	④	⑤	⑥
소심하다	①	②	③	④	⑤	⑥
참을성이 많다	①	②	③	④	⑤	⑥
독립적이다	①	②	③	④	⑤	⑥
차분하다	①	②	③	④	⑤	⑥
사려 깊다	①	②	③	④	⑤	⑥
용기 있다	①	②	③	④	⑤	⑥
다정다감하다	①	②	③	④	⑤	⑥
낙천적이다	①	②	③	④	⑤	⑥

나에게 더 묻고 싶은 질문

나에게 털어놓는 대답

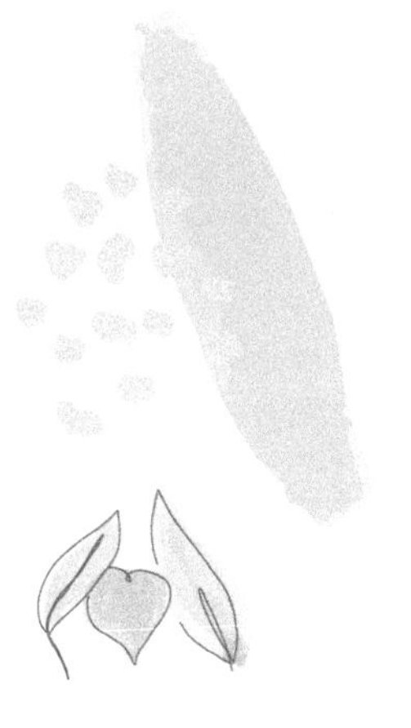

나에게 더 묻고 싶은 질문

나에게 털어놓는 대답

10대의 성장통

중·고등학교 때 일탈이나 반항을 했던 적이 있나요?

무엇 때문에 반항적인 행동을 했나요?

그 행동이 어떤 결과를 가져왔나요?

중·고등학교 때 가장 어렵고 힘들게 느꼈던 일은 무엇이었나요?

그 일을 어떻게 해결했나요?

중·고등학교 때 교복을 입었나요? 어떤 교복이었는지 그림으로 그려보세요.

중학교 때 입었던 교복

고등학교 때 입었던 교복

중·고등학교 시절에 가족과의 관계는 어땠나요?

가족관계가 나에게 어떤 영향을 주었나요?

부모님은 나의 학업에 대해 크게 기대했나요?

그 기대감이 힘이 되었나요? 아니면 부담스러웠나요?

중·고등학교 때 학교나 집 외에 자주 갔던 곳이 있나요?

* 어떤 곳이었나요?

* 왜 그곳이 좋았나요?

* 그곳에서 있었던 특별한 추억을 적어보세요.

그 시기에 부모님은 무슨 일을 하셨나요?

부모님이 하시던 일에 대해 어떻게 생각했나요?

사춘기 때 나와 부모님과의 관계는 어땠나요?

* 어릴 때와 관계가 달라졌다면 무엇 때문이었나요?

* 그후 나와 부모님과의 관계에 어떤 변화가 있었나요?

중·고등학교 때 가족이나 사람들로부터 듣기 좋았던 말과 듣기 싫었던 말을 적어보세요.

왜 그 말이 좋았나요?

왜 그 말이 싫었나요?

중·고등학교 때 나의 꿈은 무엇이었나요?

왜 그 꿈을 가졌나요?

중·고등학교 때 존경했던 사람이 있나요?

- 왜 그분을 존경했나요?

- 그분 덕분에 어려운 일을 이겨냈던 적이 있나요?

중·고등학교 때 열정적으로 했던 일이 있나요?

* 어떤 일이었나요?

* 열정적으로 했던 이유는 무엇인가요?

중·고등학교 때 가족이나 친구들과 여행을 간 적 있나요?

✤ 누구와 어디로 여행 갔나요?

✤ 여행지에서 특별했던 추억을 적어보세요.

중·고등학교 때 읽었던 책 중에서 기억에 남은 책 제목을
적어보세요. 영화나 드라마도 좋아요.

슬픔은 형식이었고, 행복이 내용이었다.
행복은 슬픔의 공간을 채웠다.

- 참을 수 없는 존재의 가벼움, **밀란 쿤데라**

세월이 흐른 지금, 중·고등학교 때의 나에게
하고 싶은 말을 적어보세요.

중·고등학교 시절에 만났던 사람들 중에서

가장 많이 생각나는 분에게 편지를 써보세요.

나에게 더 묻고 싶은 질문

나에게 털어놓는 대답

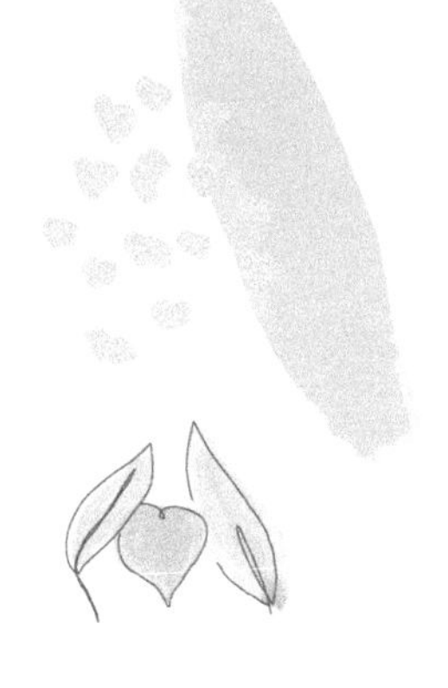

나에게 더 묻고 싶은 질문

나에게 털어놓는 대답

3장 비로소 어른이 되다

찬란했던, 때로는 무모한

20대가 되면 삶에 많은 변화가 생깁니다.

* 언제 독립해서 생활하기 시작했나요?

* 그때 어떤 느낌이 들었는지 기억나나요?

첫 자취방의 모습을 그림으로 그려보세요.

자취하면서 가장 기억에 남은 일은 무엇인가요?

고등학교를 졸업한 후 사회생활을 시작했나요?

* 어떤 일을 했나요?

* 대학 대신 취업을 선택한 이유는 무엇인가요?

대학을 다녔다면 왜 그 대학을 선택했나요?

전공은 무엇이었고, 왜 그 전공을 선택했나요?

대학에 입학해 처음 가입한 동아리가 있나요?

* 어떤 동아리였나요?

* 동아리에서 어떤 것을 배우고 얻었나요?

대학 선후배 중에서 나에게 영향을 준 사람이 있나요?

✽ 이름은 무엇이고 어떤 사람이었나요?

✽ 나에게 어떤 영향을 주었나요?

20~30대 때 마음이 맞았던 친구가 있나요?

✤ 이름은 무엇인가요?

✤ 함께 어울려 무엇을 했나요?

첫 미팅은 언제 어디서 했나요?

첫 미팅에서 만난 사람에 대해 기억나는 것을 적어보세요.

성인이 되어 처음 느꼈던 사랑이 기억나나요?

- 누구였나요?

- 왜 그 사람에게 끌렸나요?

- 그 사람과는 어떻게 되었나요?

첫 아르바이트는 무엇이었나요?

✿ 처음 받았던 아르바이트 급여는 얼마였고 어디에 사용했나요?

✿ 아르바이트 하면서 겪은 일을 적어보세요.

20대 때 처음 경험한 일이 있나요?

그 경험을 통해 무엇을 느꼈고 얻었나요?

20~30대 때 공포나 두려움을 느꼈던 적이 있나요?

✱ 어떤 일이었나요?

✱ 그것을 어떻게 이겨냈나요?

그 시절에 친구들과 같이 여행했던 추억이 있나요?

✿ 언제 어디로 떠났나요?

✿ 여행지에서 특별한 추억이 있다면 적어보세요.

이 시기에 혼자 여행을 한 적이 있나요?

* 언제 어디로 떠났나요?

* 여행지에서 있었던 추억을 적어보세요.

* 여행을 다녀온 후 무엇을 느꼈나요?

처음으로 직장을 가졌던 때를 떠올려보세요.

✿ 어느 회사에 취직했나요? 왜 그 직장을 선택했나요?

✿ 맡은 일은 무엇이었나요?

✿ 첫 월급은 얼마였나요? 첫 월급을 받고 어떻게 했나요?

직장 생활을 하면서 가장 보람되고 만족스러웠던 일을 적어보세요.

직장 생활을 하면서 가장 힘들었던 일을 적어보세요.

직장 동료 중 가장 가까웠던 사람을 떠올려보세요.

동료의 이름은 무엇인가요?

그 동료가 좋았던 점은 무엇이었나요?

직장 동료 중 나를 힘들게 한 사람에 대해 적어보세요.

* 동료의 이름은 무엇인가요?

* 어떤 식으로 나를 힘들게 했나요?

* 그 사람을 다시 만난다면 무슨 말을 해주고 싶은가요?

자영업을 한 적이 있나요?

- 어떤 사업이었나요? 언제 시작했나요?

- 사업을 하면서 제일 뿌듯했던 일은?

- 사업을 하면서 제일 힘들었던 일은?

- 만약 사업을 접었다면 그 이유는 무엇인가요?

20~30대 때 가졌던 직업에 대해 만족했나요?

그 직업 외에 정말 해보고 싶었던 일은 무엇이었나요?

언제 진짜 어른이 되었다고 느꼈나요? 그 순간을 자세히 적어보세요.

미래에 무엇을 이루겠다고 마음먹은 적이 있나요?

- 언제 그런 마음을 먹었나요?

- 미래에 이루고 싶은 게 무엇이었나요?

20~30대 때 아주 힘들었던 일이 있었나요?

어떤 일이었나요?

어떻게 극복했나요?

그 후 무엇을 깨달았나요?

20~30대 때 가장 행복했던 순간이 있었나요? 어떤 순간이었나요?

사회에 대해 처음으로 관심을 가지고 활동했던 적이 있나요?

✤ 언제였나요?

✤ 계기는 무엇이었나요?

✤ 무슨 활동을 하면서 참여했나요?

20~30대 때 가지 않았던 길에 대해 미련이 남았던 적은 없나요?

✿ 어떤 길이었나요?

✿ 그때 선택하지 않았던 길에 대해 지금은 어떻게 생각하나요?

누군가 곁에 있어주기를 간절히 바란 적이 있나요?

* 언제 그런 마음이 들었나요?

* 그때 곁에 있어준 사람이 있었나요? 누구였나요?

20~30대 때 새로운 도전을 해본 적이 있나요?

다시 그 시절로 돌아갈 수 있다면 새롭게 도전해보고 싶은 게 있나요?

20대와 30대에 가장 큰 변화를 가져다준 사건이 있었나요?

✤ 어떤 사건이었나요?

✤ 그 사건을 통해 어떤 변화가 생겼나요?

✤ 그 사건이 나의 인생에서 어떤 의미로 남아 있나요?

20~30대 때 즐겨 하던 취미는 무엇이었나요?

그 취미를 지금도 하고 있나요?

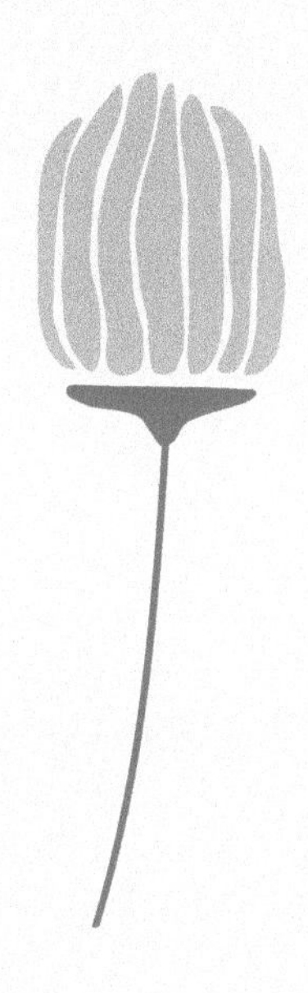

나는 그저 다른 무엇이 아닌 자기 자신이 되는 것이
훨씬 중요한 일이라고 간단하게
그리고 평범하게 중얼거릴 뿐입니다.

- 자기만의 방, **버지니아 울프**

나의 연애사를 적어보세요. 만났던 연인들을 떠올리며
그들의 이름, 성격, 모습 그리고 이별하게 된 이유도 적어보세요.

1

2

3

4

5

거쳐온 직장과 직업의 변천사를 정리해보세요.
이직했던 이유도 적어보세요.

1

2

3

4

5

나에게 더 묻고 싶은 질문

나에게 털어놓는 대답

나에게 더 묻고 싶은 질문

나에게 털어놓는 대답

변화의 순간, 결혼

배우자를 처음 만났던 순간을 떠올려보세요.

언제 어디서 처음 만났나요?

왜 배우자에게 끌렸나요?

배우자와 연애할 때 아주 행복했던 추억을 적어보세요.

배우자와 연애할 때 다툰 적이 있나요?

어떤 일로 다퉜나요?

어떻게 화해했나요?

배우자와 결혼하겠다고 마음먹게 된 이유는 무엇이었나요?

가족은 결혼에 대해 축복했나요? 또는 반대했나요?

결혼식을 떠올려보세요.

✱ 어디서 했나요?

✱ 답례품이나 식사 메뉴는 무엇이었나요?

✱ 특별히 기억에 남는 일이 있나요?

신혼여행은 언제 어디로 갔나요?

어디서 묵었나요?

그곳에서 제일 행복했던 추억을 적어보세요.

신접살림을 시작했던 집을 떠올려보세요.

✽ 어느 지역에 있는 집이었나요?

✽ 어떻게 비용을 마련했나요?

✽ 그 집에 얽힌 특별한 기억이 있나요?

처음 장만한 가구는 무엇이었나요?

구입한 가구 중에서 가장 마음에 들었던 것은 무엇인가요?

지금까지도 사용하고 있는 가구는 무엇인가요?

부부 싸움에 대해 적어보세요.

✿ 다퉜던 이유는 무엇인가요?

✿ 어떻게 화해했나요?

시댁 또는 처가댁과의 관계는 어땠나요?

✤ 좋았다면 그 이유는 무엇인가요?

✤ 안 좋았다면 그 이유는 무엇인가요?

결혼 초기 두 사람 사이에 의견 차이가 있었다면 어떤 것이었나요?

부부가 함께했던 취미나 관심사를 적어보세요.

결혼해서 좋았던 점과 아쉬운 점을 적어보세요.

결혼 후 배우자에 대해 몰랐던 것을 처음 알게 된 게 있나요?

그것을 알게 된 후 어떻게 했나요?

결혼 후 내게서 부모님을 닮은 점을 발견했던 적이 있나요?

* 부모님을 닮은 점이 결혼생활에 도움이 되었던 것은 무엇인가요?

* 부모님을 닮은 점이 결혼생활에 지장을 주었던 것은 무엇인가요?

배우자와 떨어져 지낸 적이 있었나요?

* 왜 떨어져 지냈나요?

* 배우자와 떨어져 지낼 때 어떻게 생활했나요?

결혼 생활 중 가장 힘들었던 문제는 무엇이었나요?

그것을 어떻게 극복했나요?

배우자와 함께 이뤄낸 가장 뿌듯한 일은 무엇이었나요?

처음으로 내 집을 마련했던 순간을 떠올려보세요.

✱ 비용을 어떻게 마련했나요?

✱ 첫 집에 이사 갔을 때의 추억을 적어보세요.

✱ 그 후에 다른 집으로 이사 갔을 때 어떤 느낌이 들었나요?

결혼 생활을 유지할 수 있었던 가장 중요한 요소는 무엇이라고 생각하나요?

배우자에게 가장 감사한 점은 무엇인가요?

결혼 생활을 하는 동안 아주 가깝게 지냈던 친구가 있었나요?

✤ 이름은 무엇이고 어떤 친구였나요?

✤ 그 친구가 당신에게 도움을 준 것은 무엇이었나요?

첫 아이를 임신했을 때를 떠올려보세요.

* 임신을 언제 알았나요?

* 배우자는 어떻게 축하해주었나요?

* 임신 소식을 듣고 어떤 감정이 들었나요?

자녀가 훌륭한 결혼 생활의 핵심이 무엇이냐고 묻는다면,

어떤 말을 해주고 싶은가요?

만약 이혼을 했다면 이혼한 이유는 무엇인가요?

* 이혼 후 가장 힘든 점은 무엇이었나요?

* 이혼의 상처를 극복하는 데 가장 도움이 된 것은 무엇이었나요?

이혼 후 인생을 어떻게 새롭게 설계했나요?

혹시 배우자와 사별한 경험이 있다면 그 일을 적어보세요.

* 상실감을 극복하기 위해 어떻게 했나요?

* 배우자와 사별한 후 그때 받았던 최고의 조언이나 도움은 무엇이었나요?

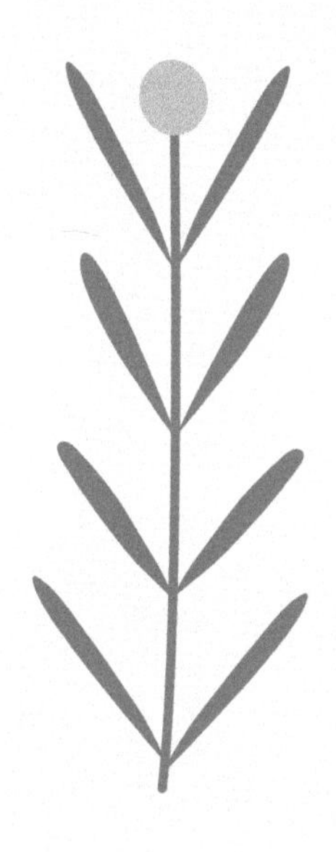

이제 나는 결혼을 한 지가 십 년이 되었다.
나는 이 세상에서 내가 사랑하는 사람을 위해서 모든 것을 바치고
그 사람과 더불어 산다고 하는 것이 어떤 것인가를 알고 있다.

- 제인 에어, **샬럿 브론테**

가정을 꾸린 후 몇 번의 이사를 했을 거예요.
그 동안 살았던 집들에 대해 적어보세요.

살았던 시기	살았던 집
1	
2	
3	
4	
5	

신접살림을 했던 집의 모습을 그림으로 그려보세요.

나에게 더 묻고 싶은 질문

나에게 털어놓는 대답

나에게 더 묻고 싶은 질문

나에게 털어놓는 대답

부모가 된다는 것

첫 자녀가 태어났을 때를 떠올려보세요.

✱ 언제, 어디서, 몇 시에 태어났나요?

✱ 자녀가 태어날 때의 상황을 적어보세요.

✱ 배우자와 가족 친지들의 반응은?

자녀의 이름은 어떻게 지었나요?

* 자녀의 이름은?

* 누가 지었나요?

* 어떤 바람을 담아 그 이름을 지었나요?

돌잔치 때 자녀는 돌잡이로 무엇을 잡았나요?

돌잔치했던 날, 특별히 기억에 남은 일을 적어보세요.

어떤 부모가 되고 싶었나요?

자녀에게 품었던 꿈은 무엇인가요?

자녀와 함께 보냈던 시간 중 제일 기억에 남은 순간을 적어보세요.

자녀가 어렸을 때 부모로서 가장 기뻤던 일은 무엇이었나요?

가장 힘들었던 점은 무엇이었나요?

자녀가 크게 아팠던 적이 있나요?

그때 어떤 심정이었나요?

지금 얻게 된 지혜 가운데 그때 알았더라면 자녀를 다르게 키울 수 있었을 거라고 여겨지는 것이 있나요?

자녀가 어렸을 때 평소에 어떻게 놀아주었나요?

다시 그때로 돌아간다면 자녀와 어떻게 놀아주고 싶나요?

자녀가 부모의 품을 떠나 세상을 향해 새로운 출발을 한다고 느낀 시점은 언제였나요?

그때 어떤 느낌이 들었나요?

자녀를 대할 때 나의 부모님으로부터 영향을 받은 점이 있었나요?

자녀에게 해준 것 가운데 가장 잘했다고 생각하는 것은 무엇인가요?

자녀가 성인이 되었을 때 가장 염려스러웠던 점은 무엇이었나요?

자녀가 어릴 적에 가지고 놀던 장난감이 지금도 있나요?

✱ 어떤 장난감인가요?

✱ 장난감에 얽힌 추억이 있다면 적어보세요.

✱ 그 장난감을 볼 때마다 어떤 생각이 드나요?

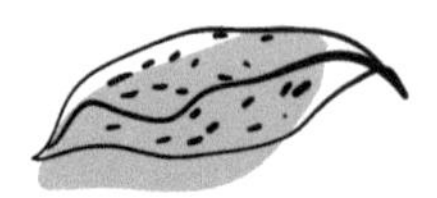

자녀를 키우기 위해 포기해야 했던 직장이나 꿈이 있었나요?

자녀에게 남기고 싶은 말 다섯 가지를 적어보세요.

자식을 불행하게 하는 가장 확실한 방법은
언제나 무엇이든지 손에 넣을 수 있게 해주는 일이다.

- 에밀, **장 자크 루소**

좋아하는 영화를 적어보세요. 그리고 좋아하는 이유도 적어보세요.

좋아하는 영화	좋아하는 이유
1	
2	
3	
4	
5	

사랑하는 세 사람의 이름을 적어보세요. 그리고 얼굴 모습도 그려보세요.

나에게 더 묻고 싶은 질문

나에게 털어놓는 대답

나에게 더 묻고 싶은 질문

나에게 털어놓는 대답

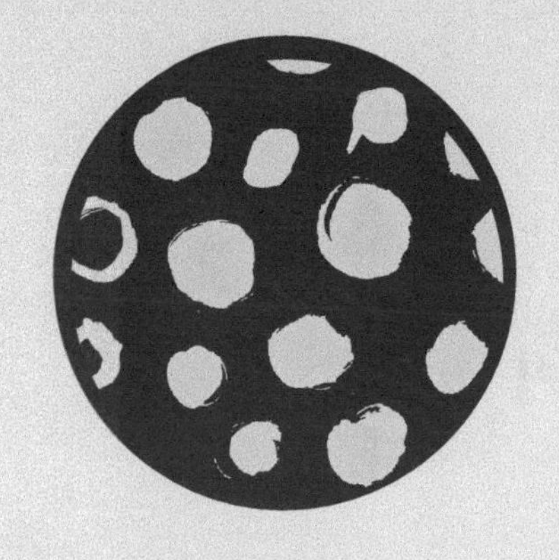

4장 이제 중년이 되다

나이듦의 용기

이 시기에 살았던 동네와 집에 대해 적어보세요.

✱ 어느 동네에 살았나요?

✱ 왜 그곳에 살게 되었나요? 동네가 마음에 들었나요?

✱ 동네 풍경을 묘사해보세요.

함께 지낸 가족은 누구였나요?

가족과 어떻게 일상을 보냈나요?

이 시기에 어떤 일(직장, 직업 또는 의무적으로 해야 하는 것들)을 하고 있었나요?

* 그 일을 해온 지 몇 년 되었나요?

* 일에서 어떤 즐거움을 느꼈나요? 어려움을 느꼈다면 어떤 것인가요?

* 노년에도 그 일을 계속하고 싶다면 그 이유는 무엇인가요?

* 직장에서 은퇴한 후 새롭게 해보고 싶은 일이 있나요?

나는 어떤 성격을 가지고 있는지 생각해보세요.

✽ 내 성격을 나타낼 수 있는 말들을 적어보세요.

✽ 내 성격이 좋은 이유와 싫은 이유를 적어보세요.

✽ 내가 생각하는 나와 남이 보는 나의 가장 큰 차이점은?

40대가 되었을 때 어떤 기분이 들었나요?

30대와 비교해 달라진 점들이 있다면 적어보세요.

40대의 일상이 10년 전과 어떻게 달라졌나요?

40대가 되어 새롭게 깨달은 생각이나 가치가 있다면 적어보세요.

이 시기에 참된 우정을 느끼게 해주는 사람이 곁에 있었나요?

✱ 어떤 사람인지 자세히 적어보세요.

✱ 그 사람을 만나면 마음이 편안해졌나요? 평소에 어떤 도움과 조언을 받았나요?

✱ 나는 그 사람에게 어떤 도움을 주었나요?

새로 갖게 된 취미 활동이 있나요?

* 어떤 취미인가요?

* 취미 활동으로 얻게 된 유익한 점들을 적어보세요.

* 이 외에 또 해보고 싶은 취미 활동이 있나요?

이 시기에 가장 큰 걱정거리는 무엇이었나요?

그것을 해결하기 위해 어떤 노력을 했나요?

꾸었던 꿈 중에서 기억에 남은 꿈을 적어보세요.

밤마다 자주 꾸는 꿈이 있었나요? 어떤 꿈이었나요?

종교를 가지고 있나요?

- 어떤 종교인가요?

- 종교를 따르게 된 계기는 무엇인가요?

- 종교가 내 삶에 어떤 도움을 주었는지 적어보세요.

40대 이후 다녀온 여행 중에서 제일 기억에 남는 여행이 있나요?

✿ 누구와 어디로 갔던 여행인가요?

✿ 그 여행이 제일 기억에 남은 이유는 무엇인가요?

✿ 앞으로 꼭 가보고 싶은 여행지는 어디인가요?

참여하고 있는 모임에 대해 적어보세요.

✽ 어떤 모임인가요?

✽ 모임에 참여하면서 어떤 것을 얻었나요?

이 시기에 새롭게 공부하거나 기술을 배운 적이 있나요?

어떤 것이었나요?

앞으로 어떤 것을 더 배우고 싶은가요?

이 시기에 재발견한 나의 모습이 있나요? 무엇이든 좋아요.

자유롭게 써보세요.

40대 이후에 인생의 전환점이 된 일이 있나요?

❀ 어떤 일이었나요?

❀ 그 일이 인생의 전환점이 된 이유는 무엇인가요?

중년의 삶에 대해 감사히 여기는 점을 최대한 많이 적어보세요.

지금까지 살면서 마음에 남은, 꼭 해보고 싶은 일이 있나요?

✤ 어떤 일인가요?

✤ 왜 그 일을 꼭 해보고 싶나요?

✤ 지금 당장 하지 못하는 이유는 무엇인가요?

이 시기의 내 모습을 자유롭게 그려보세요.

10년 전 또는 20년 전에 상상했던 중년의 내 모습과 비슷한가요?

아니면 어떻게 다른가요?

언제 나이 들었다는 것을 느끼나요?

나이 드는 게 두렵다면 그 이유는 무엇인가요?

언제 내가 젊다고 느끼나요?

젊다고 느끼는 이유는 무엇인가요?

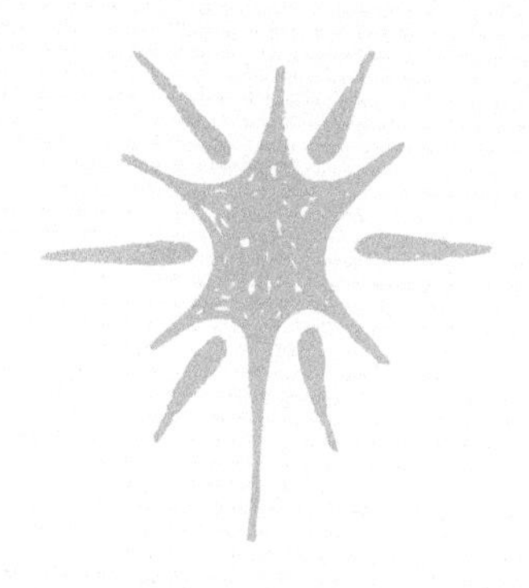

인생이란 사람들이 생각하는 것만큼 그렇게 좋은 것도
그렇게 나쁜 것도 아닙니다.

- 여자의 일생, **기 드 모파상**

가장 좋아하는 음식을 적어보세요.

내가 제일 자신 있게 만드는 요리 레시피를 적어보세요.

나에게 더 묻고 싶은 질문

나에게 털어놓는 대답

나에게 더 묻고 싶은 질문

나에게 털어놓는 대답

누구에게나 중년은 온다

10년 전과 비교해 달라진 몸의 변화가 있을 거예요.

몸의 특별한 변화가 있나요?

그 변화를 어떻게 받아들였나요?

남은 삶 동안 인생의 동반자라고 여기는 사람이 있나요?

* 어떤 사람인가요?

* 그 사람을 동반자라고 생각하는 이유는 무엇인가요?

다시 만나고 싶은 옛사람이 있나요?

✱ 누구인가요?

✱ 다시 만나게 되면 그 사람에게 무슨 말을 하고 싶나요?

과거에는 용납하지 않았지만, 지금은 받아들일 수 있는 일이 있나요?

이제는 용서하고 싶은 일이 있다면 적어보세요.

더 행복한 노년의 삶을 위해 준비하는 일이 있나요?

고민거리는 무엇인가요? 자세히 적어보세요.

고민을 해결하기 위해 해야 할 일은 무엇인가요?

젊은 세대와 함께 해보고 싶은 일이 있나요?

다시 시작하고 싶은 일이 있나요?

* 왜 그 일을 하고 싶은가요?

* 그일을 다시 한다면 자신의 인생이 어떻게 달라질 것 같나요?

다시 되돌아보고 싶지 않은 기억이 있나요? 툭 털어놓아 보세요.

건강을 위해 꾸준히 지키는 습관이 있나요?

✱ 운동을 하고 있다면 어떤 것인가요?

✱ 건강을 위해 어떤 식습관을 지키고 있나요? 즐겨먹는 음식과 피하는 음식을 적어보세요.

✱ 건강을 위해 고쳐야 하는 나쁜 습관은 무엇인가요?

인생을 통틀어 자신에게 의미가 깊은 정치적 또는 사회적 사건이 있나요?

그 사건이 자신에게 어떤 영향을 미쳤나요?

그동안 살아오면서 가슴을 뜨겁게 했던 일이 있나요?

해결하고 싶은 인생의 숙제가 있다면 자세히 적어보세요.

살면서 얻은 귀한 지혜가 있나요?

어떤 지혜인가요?

누구에게 꼭 전해주고 싶나요?

노후를 어떻게 준비하고 있는지 적어보세요.

노후에 꼭 필요한 것은 무엇이라고 생각하나요?

노후에 필요한 것을 마련하기 위해 무엇을 하고 있나요?

노후를 어떻게 보내고 싶은지 적어보세요.

지금 저에게는 행복도 불행도 없습니다.
모든 것은 지나간다는 것.
제가 지금까지 아비규환으로 살아온 소위 '인간'의 세계에서
단 한 가지 진리처럼 느껴지는 것은 그것뿐입니다.
모든 것은 그저 지나갈 뿐입니다.

- 인간 실격, **다자이 오사무**

지금 내 머릿속을 채우고 있는 생각을 그려보세요.

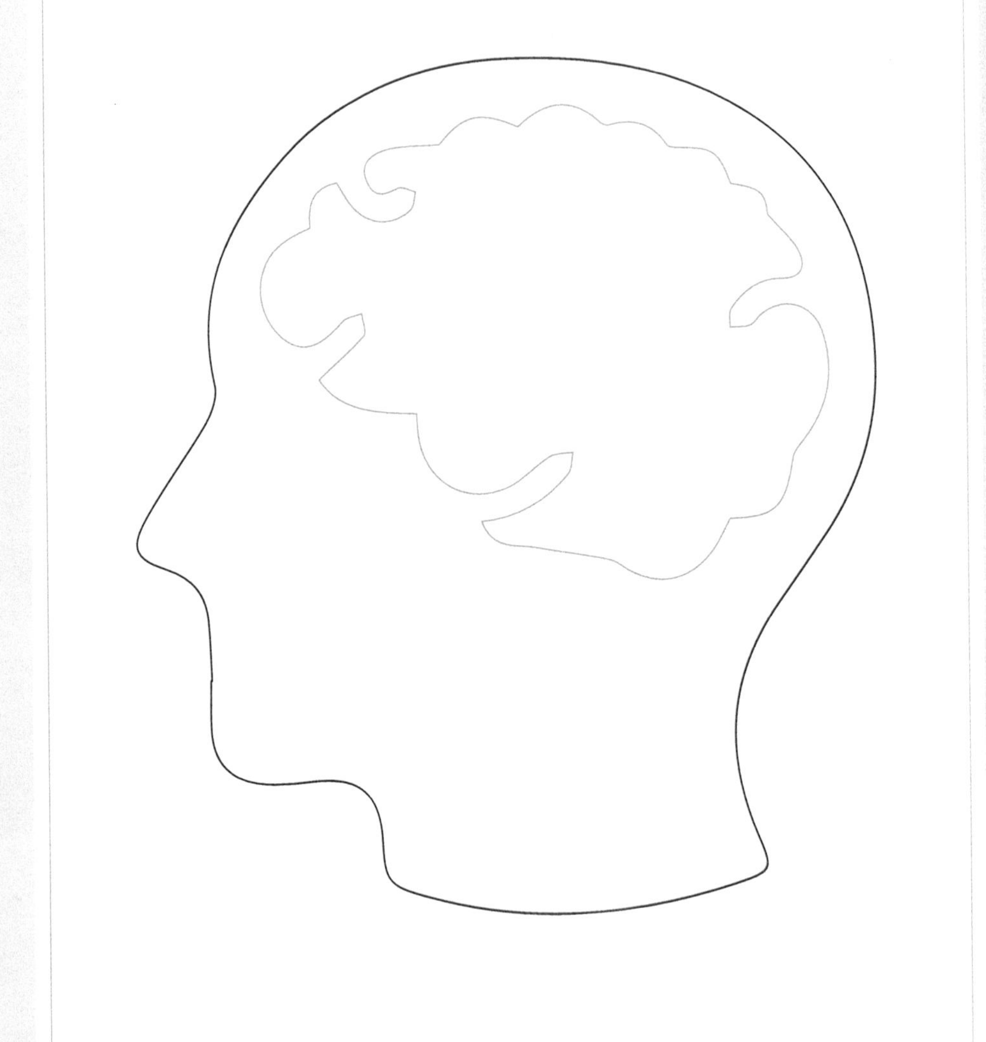

중년이 된 내 모습이 담긴 사진을 붙여보세요.

나에게 더 묻고 싶은 질문

나에게 털어놓는 대답

나에게 더 묻고 싶은 질문

나에게 털어놓는 대답

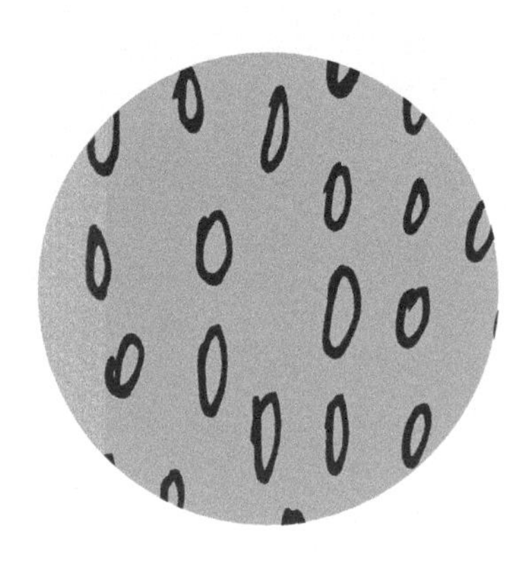

5장 다시 시작되는 이야기

나에게 발견한 것들

50, 60, 70, 80, 90, 100세에 내 인생이 어떻게 변화될 것 같나요? 자유롭게 적어보세요.

살면서 뜻하지 않게 얻었던 행운에 대해 찬찬히 적어보세요.

✤ 어떤 행운이었나요?

✤ 그 기회를 어떻게 받아들이고 활용했나요?

✤ 앞으로 그런 행운이 온다면 어떻게 하겠어요?

누군가가 '나는 너를 믿어.'라고 했던 적이 있다면, 그 신뢰가 자신을 성장시켰던 경험을 적어보세요.

지금까지 열심히 해왔던 직장과 직업에 대해 생각해보세요.

- 그 일들을 선택하고 해온 이유는 무엇이었나요?

- 시간을 되돌린다고 해도 그 일을 다시 하고 싶은가요?

- 그 일들을 통해 배운 것들은 무엇인가요?

인생에서 달콤한 성취감을 느꼈던 순간을 적어보세요.

인생을 살면서 가장 힘들었던 배신의 경험이 있나요?

가장 의미 있는 화해와 용서의 순간이 있었다면 적어보세요.

인생의 가장 큰 슬픔은 무엇이었고, 그것을 어떻게 극복했나요?

✽ 가장 힘들었던 슬픔은 무엇이었나요?

✽ 그 슬픔에서 무엇을 얻었다고 생각하나요?

지금까지 쓴 내 글을 볼 때 인생 전체에 일관되게 흐르는 것은

무엇이라고 생각하나요?

지금까지 나는 무엇을 위해 인생을 살았다고 생각하나요?

인생에서 사람들에게 진심으로 이해받고 인정받고 싶었던 것 세 가지만 적어보세요.

인생에서 가장 좋았던 때는 언제였는지 적어보세요.

내 삶을 통틀어 깨달은 교훈을 한두 마디로 정리해 적어보세요.

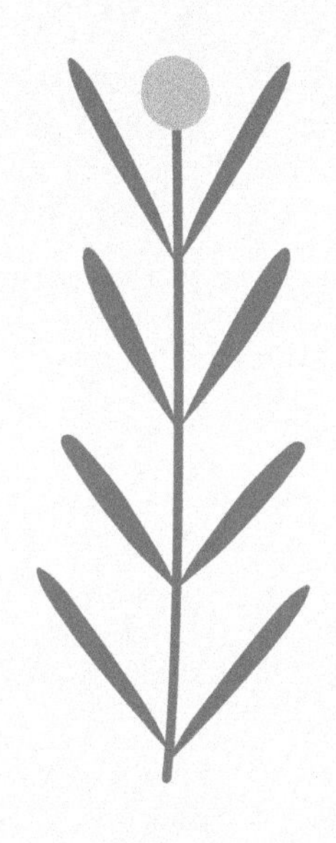

인간은 패배하도록 창조된 게 아니야.
인간은 파멸당할 수는 있을지 몰라도 패배할 수는 없어.

- 노인과 바다, **어니스트 헤밍웨이**

어떤 사람으로 기억되고 싶나요?

묘비명에 어떤 말을 새기고 싶은지 적어보세요.

열심히 삶을 살아온 나에게 칭찬과 응원의 편지를 써보세요.

나에게 더 묻고 싶은 질문

나에게 털어놓는 대답

나에게 더 묻고 싶은 질문

나에게 털어놓는 대답

더 나은 삶을 위한
나의 질문과 대답

나에게 하는 질문

나에게 털어놓는 대답

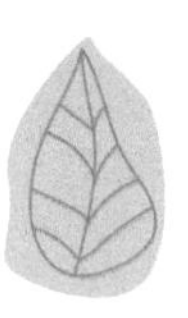

나에게 하는 질문

나에게 털어놓는 대답

나에게 하는 질문

나에게 털어놓는 대답

나에게 하는 질문

나에게 털어놓는 대답

나에게 하는 질문

나에게 털어놓는 대답

축하합니다!

드디어 나의 이야기를 완성했습니다.
이제 이 책은 세상에서 하나밖에 없는
나의 자서전이 되어 유산으로
남겨질 것입니다.

나를 위한 나의 이야기
1일 1페이지 자서전

1판 1쇄 발행 2021년 6월 10일
1판 2쇄 발행 2024년 3월 15일
—
글 · 구성 허진
—
펴낸이 김은중
편집 허선영 디자인 김순수
펴낸곳 가위바위보
출판 등록 2020년 11월 17일 제 2020-000316호
주소 경기도 부천시 소향로 25, 511호 (우편번호 14544)
팩스 02-6008-5011 전자우편 gbbbooks@naver.com
네이버블로그 gbbbooks 인스타그램 gbbbooks 페이스북 gbbbooks
—
ISBN 979-11-973469-2-7 03810

가위바위보 출판사는 나답게 만드는 책, 그리고 다함께 즐기는 책을 만듭니다.